# 句集 みちしるべ

小竹　亭

角川書店

# 序

稲畑廣太郎

この度小竹亭さんが句集を出されることになった。
平成三年から平成二十二年までの、二十年近くの歳月に詠まれた力作が収められている。内容的には、平成三年から平成十年まで。平成十一年から平成二十年まで。そして平成二十一年から平成二十二年三月までの作品群に分けておられる。こういった並べ方は、やはりその時々の句風が垣間見られて面白い。

春風に曲りて戻るブーメラン

東風波の荒磯に打てるひびきかな

湖おぼろ旧海軍の基地の跡

逃げやうもなき雷の近づき来
右舷から左舷に変る後の月
知床の沖の秋潮暗からず

平成三年から平成十年の作品より六句を抽《ひ》いた。このように詠まれた若々しい句からは、男性的な躍動感が伝わってくる。「五・七・五の十七音で季題を詠む詩」という基本姿勢が如実に表れていると言っても過言ではない。

波渦となり春光のかがよへり
大川の上り下りの船日永
隅田川波やはらかに水温む
めぐり来し水の地球の虚子忌かな
蜻蛉生れ水の地球の一員に
黒南風に波の秀暗くなりにけり
帆船を見る人の列波止薄暑

向日葵の丘を下れば海の紺

白波の沖昏がりに冬の虹

平成十一年から平成二十年までの句は、それまでの作品に時折見られた堅さのようなものが抜け、どちらかというと少し肩の力を抜いた余裕も見えてくる。

漁止めの旗の上がりし東風の浜

泡一つ二つと浮いて水温む

太平洋沖の孤島も五月かな

十二月八日の軍艦マーチかな

高波のしぶく荒磯の初日かな

春の海ゆつくり明けて来りけり

防大生帽子投げあげ卒業す

最後の平成二十二年三月までの句であるが、季題に対する的確な表現方法をいよいよ会得されたと思うのは筆者だけではあるまい。

集中の作品には、海や波など、海洋や水を詠んだものが多く散見される。意識して掲げたわけではないが、ここに抽出した作品群も同様である。実は小竹亭さんは、知る人ぞ知る船がお好きな方なのである。艦船模型なども作られると聞く。何といってもやはり実際船で世界一周をされた御経験が、作品にも反映しているだろう。

俳句を詠む場合、何か他の趣味を持っていると、おのずからそれが俳句に反映される。そんなことも楽しいのではないだろうか。もちろん俳句も趣味として素晴らしいものではあるが。

海洋好きという素晴らしい趣味をお持ちの亭さんが、一層句にも親しみ、花鳥諷詠作家としてこれからも励まれることを願って止まない。

平成二十二年六月吉日

ホトトギス社にて

句集 みちしるべ——目次

装幀　井原靖章

# 句集　みちしるべ

# リラの月（平成三年――平成十年）

## 春

春と云ふ日差しにはまだ遠かりし
雨なれど松の緑は映ゆるもの

降り暗む空に一閃春の雷

鐘霞む秩父札所の山々に

さりとてもなければさみし春暖炉

春風に曲りて戻るブーメラン

春惜しむ心に憂ひなしとせず

春寒し化野を行く鉦の音も

初花にまた立止る人のあり

沼べりの芽吹き急なるものばかり

若草の眩しきまでに日を返し

車行く落花巻上げ巻込みて

余寒なほ雨の沼辺にありにけり

沼べりの春の時雨に逢ひにけり

海苔掻女波のリズムに合はせをり

隠礁《かくれいは》ありて乱るる春の波

東風波の磯に残してゆきしもの
東風波の荒磯に打てるひびきかな

山寺の暗がりにある余寒かな

霞みゐる霞ケ浦でありにけり

せゝらぎに色引き流る落椿

流氷の寄せくる駅の小さくて

畦焼の畦のかたちに残る灰

風光るけやき並木の遥かまで

冴返る風の岬でありにけり

傾きし日に野遊の子らもどる

花冷の筑波颪と云ふことも
芹の水雲を映して流れをり

リラの月仰ぎ旅より戻り来し

日当れるところここまで犬ふぐり

楤の芽の搔かれてをらぬ杣の道

苗札の挿し違ひかと思はるる

湖おぼろ旧海軍の基地の跡

春暁の稜線色となつて来し

惜春や心にかゝることありて

春寒し波にかゞやきありながら

草青む勢ひ広ごり来りけり

春泥を犬も嫌つてゐるらしく

若さには若さの花のたのしみも
居眠りをしても遅日に変りなく

思ひ出のほんのり青し花林檎

夏

青田中鷺の狙ひしものは何

新緑の色を重ねて苑深し
沼波の暗さを重ね五月雨るる

逃げやうもなき雷の近づき来

水底の影を曳きゆくあめんぼう

沼渡る風も緑となつて来し
忍冬の雨の匂ひとなることも

沼波のつまづくほどの青蘆に
水郷の蓮の花より夜明けたり

漁火の雲につらなる梅雨の海
郭公のいつしか遠くなりにけり

蟻地獄待つばかりとは悠長な

摘む人もなく木苺の熟れてをり

掛声の吹つとんでくる祭獅子

岬山を遥かに雲の峰いくつ

たゞ暑く誰も無口となつてゐし

牡丹摘むことも手入れと諾ひし

叱らるることに馴れゐし裸の子

簗不漁生簀を覗き見るばかり

雷鳴の早や大粒の雨来る

暁の筍掘りも僧の作務

ポピーにも少し影ある日差しかな

花は葉に刻を遮るもののなく

更衣してすつきりとしてをりし

水底の色に紛れし目高かな

犬小屋に葭簀をかけてありにけり

大夕焼闇にのまれてゆきにけり

朝涼や山の霊気にふれもして
空の色湖の色梅雨明けて来し

雲をぬぐ筑波遥かに麦の秋

行々子街騒暮れてゆきし径

反転しまた反転し夏燕

万緑となりし対岸風の中

短夜の雑魚寝の足を踏まれけり

沼もまた昏れゆく色に花菖蒲

夕虹を残してゆきし日照雨かな

花びらの影うすうすと白牡丹

太藺にはふとゐのゆれのありにけり

五月雨に濡れてよきものの悪しきもの

耳すますときには鳴かずほととぎす
この磯の折目正しき月見草

また一つ音に更けゆく遠花火

秋

生身魂何はともあれ高き座に

残暑なほそこに水音ありながら

霧冷えの日輪定かならざりし

虫の音を聞きつつ夜半となつてゐし
うすうすと影おく月の供へもの

風凪いで蘆いきれする河川敷

小鳥来し沼の明るさしづけさに

右舷から左舷に変る後の月
稲の香の風尽きしよりふくらんで

偲ぶ会重ねて久し年尾の忌
年尾の忌偲ぶ心の浅からず

御墓前の榠樝たわわでありにけり

秋暑く一と息入るる木陰あり

竈馬跳ねゆく先は闇の中

虫の音の広がりに湖暗かりし

コスモスの風のうねりの中に佇つ
夕日いま峡の紅葉を離れたり

秋潮の荒びに海猫の舞ふばかり

つかの間の秋日大きく沈みゆく

稲を刈る匂ひも刈つてをりにけり

控へ目な花とは見えず葛咲けり

知床の沖の秋潮暗からず

草紅葉一直線の牧の道

木洩日の淡く末枯れそめし径

海鳴りの雨情旧居の秋の暮

湖波の秋冷まとひつ、寄する

秋燕の運河堤に沿ひのぼる

奉納の錨も錆びし浦の秋

秋の水雲を映して乱れざる

行秋や人生れまた人逝きぬ

冬

さなきだに女の電話日短

おもむろに上座につきし懐手
草も木も霧氷明りでありにけり

雪止んで湖の景広がりし
リス跳ぬる雪の林でありにけり

吹き晴るるさへぎるもののなき寒さ

枯れしもの枯れゆく音のありにけり

初霜のきらめきに夜の明けて来し
潦そのまゝ凍りをりにけり

大利根の広さに浮ぶ鴨番屋

凍ててをり昏れゆく町も吹く風も

冬入日今沈まんとして赫し

逞しき冬芽に宿る雫かな

庭手入焚火の煙に噎せもして
浪の音風の音岬凍ててをり

空つ風星透き通る夜なりけり

毛糸編む妻一心でありにけり

ありなしの風にもふれて野水仙

午後の日のもう傾きし干蒲団

棕櫚を剝ぐ埃も剝いでをりにけり

馬育て冬芽育つる牧の内

冬紅葉尽きざる色に残りをり

# 吉野山（平成十一年——平成二十年）

春

水影に宿る明るき柳の芽
下萌の色なき色の堤かな

踏みしめる玉砂利の音冴返る

近よりて離れてそれと初ざくら

受け流す風の色とも糸柳

水草生ふ音とも泡の浮いて来し

寒明しことに拘りをりにけり

春泥にとまどふ足のおきどころ

漣の春光乱しつつ流る
それぞれに出合ひと別れ鳥雲に

四方のものみな輝いて春闌る

雲影を映して迅し春の川

男体の雪解風とも尖りをり

囀の雨の暗さにくぐもらず

六甲の里美しき山ざくら
風の野に茅花の白さ湧き立ちぬ

荒東風に波の秀白き佐多岬

波渦となり春光のかがよへり

蒲公英に日の余りたる斜面かな

若蘆をゆらし浮きくるものは何

春の月うすれつつ夜の明けて来し

道普請どこまでつづく春の泥

春泥の道よりほかに道はなし
巣燕を見る楽しみのありにけり

目刺とて尾頭付でありにけり

雨上り虚子忌に恙なかりけり

良きことの賜はりさうな虚子忌かな

御開帳一山動きをりしかに

巡礼の宿のこみ合ふ御開帳

吉野山明けゆく色に風光る

吉野山花の南朝行在所
遠ければ遠き色して柳の芽

楤の芽の楤の芽らしく掻かれあり

下萌に弾む心の歩巾かな

今聞きし初音の行方探しをり

リラの花咲きはじめたる散歩かな

大原陵門堅く冴返る

ゆるみてはまた冴返る朝かな

冴返る仏ばかりの京の町
もうこんな時間となりし日永かな

今日よりは同居となりしつばくらめ
天地と心かよはせ青き踏む

大川の上り下りの船日永

薄氷のとけつつ風に哭く夜かな

薄氷の日のささやきにとけそむる

下萌や古代と暮らす奈良の人

鴨引いて虚ろの残る湖の町

帰りゆく雁に海山千里あり

踏青や古道の標訪ひながら

しやぼん玉夕日の色にはじけけり

里山の華やぎそめし浅き春

下萌や起伏の隅の兜塚

摘草や愛犬行つたり来たりして

地震跡の村にも燕忘れずに

ふらここや子の喚声のゆれやまず

定まらぬ気温も春を惜しむかに

落柿舎につづく畦道犬ふぐり

放たれし火の色走る野焼かな

田打人筑波颪に真向へる

昏るる日に紅梅色を深めをり

花種の絵柄の未来買ひにけり

定命と云ふは花にもありにけり

また飛んで柳絮の空となりにけり

うらうらと青き地球に朝寝かな

暖かと思ひし日々のつづかざる
冴返ることに油断の心かな

隅田川波やはらかに水温む

蓬つみ犬に吠えられをりにけり

めぐり来し水の地球の虚子忌かな

夕日落ち空に余韻の春のいろ

別れゆく雁に心の手を振りし
薄氷の泡の動きてとけそむる

夏

まひまひのつまづく波の少しあり

すぐにまた元にもどりし草を引く

麦藁を使ふ暮しもなくなりし
斑猫の止まればなんと派手な色

その先は教へてくれぬ道をしへ

額の花夕日の色となりにけり

たたなはる山万緑を重ねつつ
峡空に生活の煙ほととぎす

蜻蛉生れ水の地球の一員に

糸とんぼ止まれば水に紛れをり

大暑にもゆるがぬ心ありにけり

一山の若葉ふくらむ雨となる

篝火の影曳き移る薪能

無駄のあることが広さや夏座敷

怖いもの見たさに覗く蛇の衣

梅雨の空重たく晴れて来りけり

深川の七夕飾る小商

蟬時雨一山揺らしをりにけり

人影に目高散らばる迅さかな

アカシアの香りこぼるるカフェテラス

黒南風に波の秀暗くなりにけり

草刈に怠け心のあるときも

瀧音の近くにありて遠かりし
瀧音に心祓はれをりにけり

神の威に手を合はせけり那智の瀧

帆船を見る人の列波止薄暑

神輿波二度も三度も寄せ戻す

眠ること考へてゐて明易し

緑の下鎮まり返る蟻地獄

香水に思ひ出したることのあり

香水にその人柄と云ふはあり

向日葵の丘を下れば海の紺

振り向きし長き睫毛の袋角

いろいろな虫の張り付く網戸かな

水鶏鳴く声より暮るる湖の町
崩れゆく薔薇に心を置く夕べ

若ければ若さの匂ふ薔薇の花
薔薇の花闌けゆく色に匂ひをり

明るさもありし卯の花腐しかな

籐寝椅子仰げば星の世界かな

オリオンはあの辺かとも籐寝椅子

籐寝椅子海の大きな入日かな

はまおもと香り豊かに海昏る
動くとも見えぬ巨船やはまおもと

敗戦のあの日も湧きし雲の峰

仕来りは無きに等しく更衣

野も山も風の彩る若葉かな

何もかも呑み込んでゆく茂かな

川下り三十分の避暑気分

秋

朝露の日差しに動きそめにけり

新涼にほつと一と息つく暮し

豊穣を祈る心や虫送

体育の日は骨休みしてをりし
この沼に秋を惜しめば翳り来し

句材なる白桃食べてしまひけり

年尾忌や閲して二十六回忌

偲ぶとは育てゆくこと年尾の忌

偲ぶとは心問ふこと年尾の忌

人偲ぶ心に月を仰ぎをり

末枯や災害天の怒りとも

末枯れしものも美しと思はずや

竈の隅にそのまゝ捨団扇

秋惜しみつつ忌の寺へ急ぎけり

水匂ふいざよふ月の湖の町

蓑虫の時々顔を出しもして
なんとなく空ほのぼのと無月なる

懸巣とや悪声なれど真似上手

よき日和猫留守番の五倍子《ふし》蓆《むしろ》

澄む水の波の影とも水底に

新涼や車窓につなぐ野路の景

新涼や波の秀白き北の海

秋出水静かに増えてゆく恐怖

伝へ古るアイヌ古譚の鳥頭

秋深し風に音色のありにけり

雨重ね風音重ね深む秋

隠沼に波一つなき水の秋

独り居の晩学の灯や蚯蚓鳴く

影もまた風の芒でありにけり

囃子沸く戻りねぶたに跳つ人に
竿灯の竿撓ひつつ近寄り来

曲り家の遠野の星に秋惜しむ

もろこしを齧るに作法なかりけり

秋さぶや暮れ残りたる雲一つ

古酒を酌み舌鋒酔つて来りけり

上げ潮に忙しくなりし鯊の竿

鶏頭に屈める白きうなじかな

湯気もまた新米らしく立ちにけり

新蕎麦の十割と云ふ長さかな

三番瀬来ては去りゆく渡り鳥
托鉢の僧にお布施の露の我

いと小さき都心の空地草もみぢ

地滑りの跡そのまゝに草もみぢ

茸採り熊出ると聞き引返す

水澄めり硯に落とす一滴も

蘆を刈り天地開けて来りけり

蘆刈やすとんと落ちてゆく夕日

踊子のわづかな科も艶めかし

花木槿日の傾けば散りそめし

つばくらめいつとはなしに帰りけり

燕去り虚ろとなりし馬籠宿

去ぬ燕夕日の空に点となり

田仕事も終りし今日の鵙日和

夕鵙に入日すとんと落ちにけり

朝寒くともやることはやることに

はらからの話はづむや走馬灯

稲光嶺々をつなぎて走りけり

袖濡らす霧の雫の重さかな

また雲に隠れてしまふ今日の月

柞の実育む大地ありにけり

秋風に押されてゆきし修行僧

海の闇波の秀白く天の川

逝きし子の星はいづこや天の川

流れゆく刻とどまらず秋惜しむ
行秋に追ひ縋りゆく風の音

冬

冬の日の沖より明けて来りけり

うすうすとほのぼのとあり雪の富士

冬雲の動きに聡き漁師かな

枯萩につまづく風のなかりけり

一椀の情身に沁むおじやかな
うすうすと差す日も冬に入りけり

枯芝の起伏に子等の転びつつ
落葉踏む犬の足音追つて来し

吾が影の長きを踏みて春隣

木枯の音となりつつ絵馬三つ

風に鳴き風に軋みて樹氷生る

麦蒔と云ふ風向きのありにけり

寒き日の寒さうに暮れゆきにけり

寒林に光の起伏ありにけり

一斉に翔つ水鳥の白さかな

臘梅の影も匂つてをりにけり

小春日の流れに憩ふ小半刻

装ひも尽きて静かに眠る山

お囃子に小春の寺の賑はへり

水に落つ木の葉の影も流れゆく

日の匂ひまとひて草の枯れにけり

六甲の山眠り風眠らざる

尖りくる風に急かさる冬構

枯蘆に湖風音とならざりし

外仕事先づは焚火をしてからに
麦の芽に風ふくらんでゆきにけり

灯の点る東京タワー日脚伸ぶ

人間のあくなき欲や酉の市

酉の市すとんと昏れて賑はひに

福つかめさうな気持ちに酉の市

橋渡る肩巾広き懐手

懐手無頼の影のありにけり

世の隅に震へる子等に聖夜くる

友偲ぶ聖夜の灯ゆるるなか

日脚伸ぶ心にゆるみありにけり

綿虫の日暮るる色に舞ふことも

ゆらゆらと現れては消ゆる雪ばんば
熱燗に噎び話の中断す

熱燗の加減のいつも狂ひがち

激震に崩る村道冬ざるる

春を待つせつなき心ありにけり

西風の尖りくる町寒に入る

恙問ふことにはじまる寒見舞

泥こびりつきし笑顔のラガーかな

冬耕の土塊ごとの日のかけら

傾きし日に追はれつつ冬耕す

山襞の影黒々と冬晴るる

この部屋に母住みをりし古障子

大北風に真向ふ心ありにけり

凍蝶のほろほろ翔ちて落ちにけり

凍蝶の触るればほろと落ちにけり

団欒の声のもれくる冬灯

しぐるるや雀隠るる軒の下

冬ざるる野の一水に動くもの

月冴ゆる波こまごまときらきらと
寒禽の影一筋でありにけり

山茶花の影にも色のありにけり

大嚔膝より猫の飛びのきぬ

冬帝の威に逆らはず逆らはず
誰彼も春待つ心あるはあり

大寒や信念曲げぬ漢あり

たゞ寒き湖畔の景でありにけり

白波の沖昏がりに冬の虹

雪を発ち雪に抗ふ心あり

一杓のぎらりと光る寒の水

寒月や水星火星みな隣

聖上のお召し賜ひしちやんちやんこ

# 東風の浜（平成二十一年一月――平成二十二年三月）

冬

勝独楽にいくつもの傷ありにけり

よろけつつ独楽のなかなか倒れざる

冬帝や憩ふ心を許さざる
初夢を見たやうな気のしてをりし

水鳥の飛ぶ素振してまた元に

寄鍋に小さき団欒ありにけり

三味の音も遠くなりけり都鳥

柳橋嘴に紅ひく都鳥

寄鍋に車座となり漢たち

富士遥か鉄橋渡る初電車

菰の被てうすす日を返す冬牡丹

緋毛氈設ふ園の寒牡丹

埋火のありともなしにありにけり

折鶴の如く折れたる水仙花

杣道のたゞ一本の冬桜

福寿草しばれる風のありながら

春を待つ心にひびくピアノ曲

戦禍の地春待つ心ありやなし

日脚伸び少し寄り道して帰る

凍星の光年と云ふ宇宙かな

風花のきらきら光る峡の宿

炉けむりに燻されながら団子喰ふ

節分の豆も茶請けに旅の宿

小流れに冬の野菜を洗ふ人

突然の緊急アラーム宿の小火

春

残雪を踏みたく踏んでをりにけり

春寒し翁の杖の覚束な

露天湯やおぼろの月も旅情なる

ほのぼのと笑ひそめたる山の色
月おぼろ闇の底より谿の音

少しづつ朝光谷へ芽吹山

落柿舎の見えて明るき春時雨

残る雪踏めば弛みし音のして

唐傘の舞妓二人に春しぐれ

残る雪やがては土に還るもの
恋猫のまなこに人の映らざる

妻ぽつと頬を染めたるお白酒

漁止めの旗の上がりし東風の浜

平家塚雪解の風の吹くばかり

吊し雛伊豆稲取の昔ぶり

一と針の母の祈りの吊し雛

泡一つ二つと浮いて水温む

海を越え天を汚して黄沙くる
春日傘色とりどりの同窓会

寺町の尼御前黒き春日傘

雀蜂顔に迫りて唸り飛ぶ

雀蜂去るを待つ間の恐怖かな

なんとなく御洒落したくて春日傘

物の怪に出合ひさうなる朧の夜

朧月映り静もる山上湖

動いたら刺して来さうな雀蜂

春の月ぼつてり重く上がりけり

過疎の村たつた一人の新入生

入学式終へて帰れば元の子に

風車色を流して廻りけり

風車手にすればすぐ駈け出す子

旅重ね残りし花に逢ふことも

山の湯に一人の春を惜しみけり

木の芽山こんなところに野猿かな

しゃぼん玉なんと果無き旅路かな

しやぼん玉空の泡沫かも知れず

子猫には子猫の仕種ありにけり

鶯や明るき森を一人占め

夏近き日向の径でありにけり

尋ね来し犀星旧居に春惜しむ

教会のオルガンの音に春惜しむ

夏

花は葉に旅の心の急かさるる

新緑を映して流る神田川

坂多き薄暑の町の書肆めぐり

軽暖や江戸の昔を偲ぶ坂

瓜苗の大地に命あづけけり

捩花は造化の神の悪さかと

渓流の暗さに潜む岩魚釣

太平洋沖の孤島も五月かな

ゆつくりと五月の空の飛行船

薬狩祖母先生となりにけり

鈴蘭の風に香りの音色かな

母ありし頃の思ひ出花石榴

鳰の子のきよろきよろせしが潜りけり

鳰の子の潜きて小さき輪を残す

鳰の子に霞ケ浦は大き過ぎ

昏るる日に鳰の親子のシルエット

秘境の湯点るランプの灯涼し

旬と云ふトマトの顔のありにけり

秋

世辞と知りつつもにこにこ生身魂

ちやほやも三日でありし生身魂

稲光山の容を顕はにす
採りたての青さの匂ふ新豆腐

都心にも蜻蛉の空のありにけり

鉦叩都心のビルの片隅に

芋虫も地球に生きるものとして

跳ね飛んで竈馬は闇へそれっきり

深閑と露太りゆく一と夜かな

一粒の露にもありし宇宙かな

露の身にあればすべてをいとしとも
肩寄せる君と二人の十三夜

あはあはと石に影おく十三夜

尖る風首すぢよぎる十三夜

いつの日か人の住むかも後の月

冬

神の手の少し狂ひし帰り花

お台場の風につつじの帰り花

ひやひやと山気の迫る冬はじめ

洗面に湯の欲しくなる冬はじめ

切干に日向の匂ひありにけり

笹鳴の木陰を忍び移りゆく
しんしんと初霜おりる乙夜かな

十二月八日の軍艦マーチかな

展宏の逝きて虚ろな十二月

朝の気のぴんと張りたる十二月

高波のしぶく荒磯の初日かな

鳥居立つ荒磯の岩の恵方かな

富士見えてまたちらちらと風花来

風花やあはひをこぼれくる

春

春の海ゆつくり明けて来りけり

近くより遠く華やぐ花菜かな

うらうらと山も笑つてをりにけり

東京の果ての果てまでみな霞む

行く人にどうぞと見せる古雛

流し雛影を曳きつつ遠ざかる

防大生帽子投げあげ卒業す

お互ひに泣いて笑つて卒業す

以上、五〇九句

# あとがき

私の俳句のキャリアは、平成元年に会社を定年退職してからである。妻に勧《すす》められて、市の公民館の俳句教室に入った。これが俳句に手を染めた最初である。

定年後は好きな船に乗ることと、近代帆船の模型（木製、縮尺1／40）を作ることに熱中していたのであるが、模型作りは部屋に籠《こも》っての仕事であるので、妻が私の孤立化を心配して、市の公民館で開催している俳句教室を探して来たのである。教室で作句の基本を教わり、なんとか句らしきものを作り、指導を受けているうちに、段々面白くなり、自分の心に映ったことを文字で表わすことに、興味を覚えていった。やるからには負けたくないと、人の倍の努力をしようと決心し、模型作りも、好きなゴルフも、当分お蔵入りにし、俳句に没頭していった。

平成三年俳句結社「藍」に入会、句会の体験をしているうちに、恐れげもなく「ホトトギス」にも挑戦しようと投句を開始した。

平成十二年「ホトトギス」同人に推挙された。恩師の指導と励ましが今の私を育ててくれたと感謝している。

いつの間にか傘寿を過ぎ、これから先が見えて来たこの頃、自分の生きた証《あかし》として句集を編むこととした。

今後は、「ホトトギス」の花鳥諷詠の理念を道標として、遥かな坂をのぼってゆきたい。句集名はその故に「みちしるべ」とした。句は、汀子先生、廣太郎先生の御選を頂いた中から五〇九句を自選した。

上梓にあたり、角川学芸出版をご紹介下さり御多忙の中、序文までお与え下さった廣太郎先生に心から感謝申し上げます。

平成二十二年十月十日

小竹　亨

## 略歴

昭和四年二月一日　茨城県龍ケ崎市に生まれる
昭和二五年　早稲田大学卒業
同　　年　㈱松坂屋入社
平成　元年三月　定年退職
平成　二年　龍ケ崎市公民館俳句教室入会
平成　三年　藍投句開始
平成　五年　藍同人　ホトトギス投句開始
平成十二年　ホトトギス同人
平成十五年　ＮＨＫ俳句王国出演
ＮＨＫ文化センター水戸教室講師
日本伝統俳句協会評議員

**句集**
合同句集『伝統俳句の一〇〇人』

**現住所**
〒三〇一―〇八三五
茨城県龍ケ崎市田町三四四八―一
ＴＥＬ／ＦＡＸ　〇二九七―六二―二七七八

句集 みちしるべ

発行 平成二十二年十一月三十日

著者 小竹《こたけ》 亨《とおる》

発行者 井上伸一郎

発行所 株式会社 角川書店

〒102-8078 東京都千代田区富士見二―十三―三

電話 (〇三)三八一七―八五三六(編集)

編集制作 株式会社 角川学芸出版

印刷所 中央精版印刷株式会社

製本所 中央精版印刷株式会社



ISBN978-4-04-652300-6 C0092